Une île pour Vanille

Du même auteur, dans la même collection :

Quatre sœurs en vacances

Sophie Rigal-Goulard
Illustrations de Jessica Secheret

Une île pour Vanille

RAGEOT

Cet ouvrage a été imprimé sur un papier
issu de forêts gérées durablement,
de sources contrôlées.

Couverture : Jessica Secheret.

ISBN 978-2-7002-3787-0
ISSN 1951-5758

À tous les enfants de Nouvelle-Calédonie que j'ai croisés lors de mon séjour, et aux membres de l'association Livre, mon ami. *Merci pour ces moments magiques sur votre île inoubliable.*

Le bruit du silence avant la tempête

Je suis rentrée tard du collège ce soir. En ce moment, je retarde l'heure à laquelle je franchis la porte de chez moi. Trop de disputes, de cris et de tensions.

Je préfère rester avec Moora et Lucile. Près de mes deux amies, je me sens à l'abri des orages. On est allées sur l'anse Vata, l'un de nos endroits préférés à Nouméa. C'est un golfe qui s'ouvre sur le Pacifique, une immense promenade bordée par une plage de sable fin et des dizaines de palmiers. Là-bas, on a une vue panoramique sur l'océan. Lorsque le soleil descend à l'horizon, on a l'impression que le Pacifique est en train de prendre feu. Si on se retourne vers la ville, le spectacle est incroyable. Les collines de Nouméa s'embrasent, touchées à leur tour par les reflets de la lumière rasante.

Devant un tel spectacle, j'arrive à oublier un peu le malaise qui règne chez moi. Je peux compter aussi sur mes deux amies pour me changer les idées ! Avec elles, je refais le monde, allongée sur la plage…

Ce soir, nous avons eu une grande discussion à propos des garçons. C'est un sujet très sérieux et, même si nous l'avons abordé des centaines de fois, on trouve toujours quelque chose à ajouter !

C'est Moora qui a ouvert le débat :

– Imaginez, les filles, qu'un jour, au collège, il n'y ait plus que des garçons beaux et intelligents !

Lucile a failli s'étrangler avec son cône à la pistache tellement elle riait.

– « Garçon » et « intelligent » ? a-t-elle réussi à articuler entre deux hoquets. Heu… ce sont deux mots qui vont VRAIMENT ensemble, tu crois ?

– Non, mais on peut rêver ! a continué Moora. Un matin, on rentre en cours de maths et on ne voit que des garçons fin valab[1]…

– Encore mieux ! dis-je en me prenant au jeu. Ils arrivent AUSSI à nous faire rire !

1. Expression mélanésienne que l'on peut traduire par « super ».

– Revenez sur terre les filles, a déclaré Lucile en finissant sa glace. Vous savez bien qu'on n'a jamais réussi à échanger plus de trois phrases d'affilée avec les attardés de notre classe !

Lucile est la meilleure élève de toutes les cinquièmes, elle a un vocabulaire si riche et si étendu qu'aucun garçon n'arrive à avoir une conversation sérieuse avec elle. Ça désole mon amie qui se demande si, un jour, elle pourra tomber amoureuse…

À cet instant, on a éclaté de rire parce que Soane passait devant nous en roulant des épaules. Lui l'élève le plus stupide du collège (on l'a surnommé « Deux de QI ») est mon voisin de classe en maths et en français !

– Vous avez vu, ai-je murmuré, ce frimeur s'imagine qu'il nous intéresse…

Moora l'a imité dès qu'il a eu le dos tourné et j'ai ri aux larmes. On a continué notre conversation en regardant le jour disparaître. J'adore le moment où le soleil et l'eau semblent étroitement imbriqués. Ils nous offrent des couleurs incroyables comme s'ils livraient un dernier combat sanglant avant qu'apparaisse l'ombre de la nuit.

Je fixe l'horizon en silence. Je me dis juste que la Terre est belle et ça me fait du bien.

J'ai fini par quitter ce paradis pour regagner ma maison. J'avançais lentement. Je n'étais pas pressée d'arriver chez moi.

La veille au soir, à mon retour, j'avais assisté à une vraie tempête ! Ma sœur s'était enfermée dans sa chambre pour ne plus entendre mon père crier qu'il allait nous interdire définitivement d'utiliser le téléphone… Il venait de recevoir la facture du mois qui lui paraissait trop élevée. Maman était silencieuse, mais ses mains tremblaient. Je sais qu'elle ne supporte plus les colères volcaniques de papa.

Ce genre de tableau aurait dû me laisser de marbre. Depuis quelque temps, mon père a une fâcheuse tendance à perdre son self-control… Je n'arrive pas à m'y habituer. C'est un spectacle que je redoute et que je déteste. Je ne suis pas la seule. Jour après jour, je vois maman devenir plus triste et silencieuse.

Mais tout était étrangement calme lorsque je suis rentrée chez moi. Je suis allée directement dans la chambre de ma sœur qui était allongée sur son lit dans le noir.

– Eh, ai-je chuchoté, tu es malade ? Qu'est-ce qu'il t'arrive ?

– Chut, écoute le bruit du silence…

J'ai haussé les épaules.

Margaux passe son bac français cette année et les révisions la rendent de plus en plus bizarre.

– Ouvre les oreilles, Vanille, a-t-elle continué. Tu ne comprends pas qu'il se passe quelque chose ce soir ? Pas de hurlements. Pas de pleurs. Juste le souffle des alizés, et c'est bon.

– Ouais, c'est cool, ai-je répondu sans conviction. Et… où sont papa et maman ?

– En réunion sur la terrasse. Ils se murmurent des confidences. C'est incroyable, ils se parlent depuis plus d'une heure sans le moindre éclat de voix.

J'ai senti mon ventre se contracter. Ça m'arrive quand je suis inquiète.

– Et... euh... tu as entendu de quoi ils parlent ? ai-je demandé. Enfin, tu crois qu'on doit s'inquiéter ?

Je redoutais la réponse de Margaux, je n'avais pas envie qu'elle continue.

– Il est évident qu'ils ont pris une décision importante, a-t-elle chuchoté. Je vois leur réunion au sommet comme une avant-première du grand show qu'ils vont nous jouer dans quelques minutes.

Je n'ai pas pu laisser ma sœur finir sa phrase sans intervenir.

– Et toi, tu n'es pas en train de jouer un numéro par hasard ? me suis-je écriée. Celui de la fille indifférente face au divorce de ses parents !

Finalement, c'est moi qui ai prononcé la première ce mot tabou que je redoute tant !

– Et alors ? Tu veux que je pleure peut-être ? s'est indignée Margaux en se levant de son lit. Eh bien non, je ne verserai pas une larme, figure-toi ! Un divorce sera cent fois plus supportable que cette tension permanente que nous fait subir papa ! Depuis qu'il a perdu son travail, il ne se contrôle plus ! Maman travaille pour deux et elle est épuisée ! Tu ne les entends pas se déchirer à propos de l'argent qui manque ? Mais bon sang Vanille, sors de ta bul…

Ma sœur n'a pas fini sa phrase. Maman a ouvert la porte de sa chambre.

– Votre père et moi, on voudrait vous parler très sérieusement. Vous venez dans le salon, les filles ?

J'ai regardé ma mère. Ses yeux étaient aussi rouges que le ciel que je venais d'admirer. Je ne sais pas pourquoi, j'ai jeté un coup d'œil à ma montre.

Il était 18 h 58 et ma vie allait basculer…

Une très bonne mauvaise nouvelle

Papa avait un pâle sourire. Il nous attendait en faisant les cent pas entre le canapé et la télévision. Mon ventre s'est contracté violemment cette fois-ci. L'heure était grave.

– Les filles, a commencé mon père d'un air gêné. J'ai deux nouvelles à vous annoncer…

– Oui, a ajouté ma mère, une bonne nouvelle, très bonne même. Et une…

– Mauvaise ? ai-je demandé en grimaçant.

Pendant une seconde, j'ai entendu mon cœur battre très distinctement. Une peur panique m'a envahie. Ensuite, tout s'est brouillé. Je n'ai saisi que des bribes.

J'ai cru entendre mon père parler d'un « nouveau travail », de « déménagement » et ma mère renchérir avec « fin de chômage », « quitter l'île en janvier »... Mais où était la bonne nouvelle là-dedans ? Seuls les battements de mon cœur me semblaient réels.

J'ai aperçu Margaux qui se jetait au cou de papa en criant comme une folle :

– Partir à Paris ! Mon rêve ! C'est mon rêve !

J'étais tellement abasourdie que je l'ai fixée quelques secondes sans réagir. Ensuite, j'ai crié à mon tour :

– Arrêtez ! Vous racontez n'importe quoi !

Il a fallu que papa intervienne pour que je me calme.

– Écoute-moi Vanille, a-t-il dit en me regardant droit dans les yeux. Depuis plus d'un an, je cherche un emploi sur notre île. Du nord au sud, j'ai postulé partout. Il n'y a plus de travail pour moi ici. Ça me déchire le cœur autant que toi, mais je dois quitter la Nouvelle-Calédonie. Un nouveau poste m'attend à Paris. Nous sommes une famille. C'est ensemble que nous devons prendre ce nouveau dép...

J'ai couru dans ma chambre sans attendre la fin.

J'allais quitter mon île, ma Nouvelle-Calédonie, mon « Vieux Caillou » !

Je me suis jetée sur mon lit. Ensuite, les larmes sont venues et je n'ai pas tenté de les retenir. Je me suis vue dans un avion. En bas, très loin, se détachait mon île aux mille lagons. Elle devenait de plus en plus petite. Je ne distinguais plus ses plages, ses barrières de corail, ses milliers de pins colonnaires. La Nouvelle-Calédonie disparaissait. Et l'avion m'emportait vers cette métropole que je ne connais pas.

J'ai sangloté de plus belle face à cette vision insupportable. C'est le moment qu'a choisi Margaux pour s'introduire dans ma chambre et s'asseoir sur mon lit. Elle avait un sourire radieux. À cet instant, je l'ai détestée !

– Allez Vanille Prunille Coquille Jolille, a-t-elle chuchoté en tentant d'adoucir ma peine avec mes surnoms de petite fille, regarde le bon côté des choses... On quitte Nouméa, d'accord, mais on part habiter la plus grande ville de la métropole ! Paris ! Il y a des millions de gens qui rêvent de vivre là-bas ! Je ne comprends pas pourquoi tu pleures autant...

– Et moi, je ne comprends pas comment tu peux être aussi heureuse ! me suis-je exclamée en essuyant rageusement mes larmes.

– Enfin, tu n'as pas écouté papa ? Il a un travail là-bas ! Finis le chômage, les cris, les disputes ! C'est une vraie bonne nouvelle, non ?

– Tu veux que je saute de joie le jour où l'on m'apprend que je quitte mon île ?

Margaux a secoué la tête lentement.

– J'ai du mal à te comprendre ! Il y a cinq minutes, tu tremblais à l'idée de voir papa et maman se séparer ! Ils t'annoncent qu'on change juste de paysage et tu t'écroules ! Tu aurais préféré qu'ils divorcent ? C'est lamentable !

– Ce qui est lamentable, c'est ta réaction. Tu ne connais même pas Paris et tu en parles comme du paradis sur terre !

– Et alors ? On étouffe ici ! J'en ai assez des cocotiers et des plages de sable. J'ai envie d'avoir froid l'hiver, j'ai le droit ? Je veux prendre le métro, faire du shopping sur les Champs-Élysées, visiter les musées, assister à des concerts ! Je veux vivre autrement… Ça te dérange ?

Je n'ai rien répondu. J'avais juste envie de hurler. Ma sœur s'imaginait déjà en « Parisienne ». Je lui ai demandé de quitter ma chambre et j'ai fermé ma porte à clé.

Je ne veux plus d'explications ce soir. Je veux dormir et me réveiller en réalisant que je viens de faire un cauchemar.

J'ouvre grand ma fenêtre et j'écoute le Pacifique qui gronde au loin. Ce bruit fait partie de ma vie depuis toujours. Il rythme mes jours et mes nuits. Comment mes parents peuvent-ils imaginer le supprimer de mon existence ?

Les palmiers bougent en cadence, bercés par le souffle des alizés, et un air chaud pénètre dans ma chambre. Je respire à pleins poumons l'odeur sucrée des frangipaniers. Petite, je cueillais souvent leurs fleurs pour m'en faire des colliers comme les danseuses mélanésiennes que l'on voit dans les fêtes à Nouméa. J'aime ces arbustes et leur parfum tenace qui envahit notre jardin à la fin de l'été. Je n'ai pas l'intention de le laisser s'évaporer à tout jamais…

Ma terre, c'est un bout de caillou perdu au milieu du Pacifique. Je suis une Caldoche, comme mes parents, mes grands-parents et mes arrière-grands-parents.

Ma famille est établie ici depuis 1897. Mes ancêtres viennent de métropole, mais la France est un pays si lointain pour moi… Je n'y suis jamais allée, et le peu que j'en connaisse, c'est à l'école que je l'ai appris.

Je sais que les saisons y sont vraiment marquées, qu'il y a de la neige parfois. Les hivers sont bien plus rigoureux que chez nous et, dans certaines régions, les températures passent en dessous de zéro degré pendant de longues semaines. Cette idée me donne des frissons. Comment peut-on vivre sous un climat si rigoureux ?

Il paraît que Paris est l'une des plus belles villes du monde. J'en doute vraiment ! Je ne me suis jamais extasiée devant des photos de la tour Eiffel, de l'arc de triomphe ou du Sacré-Cœur !

Ce ne sont que de vieux monuments qui deviendront des ruines un jour ou l'autre ! Par contre, les Français qui viennent à Nouméa ne cessent de vanter la beauté de notre île. Ils affirment tous que, du nord au sud, la Nouvelle-Calédonie est inoubliable. Et ils ont raison. Notre lagon ne vieillira jamais, lui. Nos plages et nos forêts sont belles pour l'éternité.

Non, je ne fantasme pas sur Paris.

Je n'ai pas envie de devenir une « métro[1] ».

Je ne le suis pas et je ne le serai jamais.

Je veux rester sur l'île où j'ai grandi.

Papa, je t'en supplie…

1. Habitant(e) de la métropole.

La cascade de Tao

Je ne suis pas sûre d'avoir dormi cette nuit. Mes yeux sont gonflés. J'essaie de sourire devant la glace, mais je me fais peur. De ma chambre, j'entends des bribes de conversation. Mes parents discutent tranquillement. Il y a eu un tremblement de terre hier soir et ils continuent à vivre normalement !

J'attends qu'ils partent pour sortir. Je parcours lentement les pièces de ma maison. Je caresse le magnifique nautile qui trône dans une coupe au salon.

Mon père en est très fier, son grand-père l'a pêché il y a presque cent ans ! À l'époque, l'espèce n'était pas protégée comme aujourd'hui. La coquille de ce mollusque est d'ailleurs l'un des symboles de notre île. Quand j'étais petite, j'écoutais l'océan gronder à l'intérieur. Aujourd'hui, c'est le mot « départ » que j'entends résonner à l'infini et j'ai encore envie de pleurer.

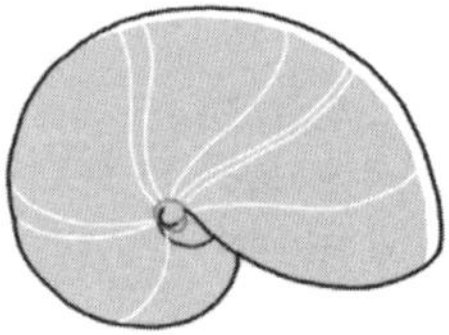

J'ai à peine fini mon bol de lait lorsque mes deux amies frappent à ma porte. Elles ont un air grave. Je comprends qu'elles savent déjà. Je n'ai pas le temps d'ouvrir la bouche, elles se jettent sur moi en pleurant. Bien sûr, je pleure avec elles. Depuis hier, j'ai l'impression d'avoir la cascade de Tao sous les paupières.

Lorsqu'on est un peu calmées, Moora m'explique :

– Mon père a accompagné nos deux sœurs au lycée ce matin. Dans la voiture, Margaux a parlé de votre futur déménagement. Quand papa est revenu à la maison, il m'a annoncé la nouvelle et j'ai couru chez Lucile pour...

Je lui serre la main avec un pâle sourire.

– Écoute, Vanille, s'écrie Moora en reniflant, c'est impossible que tu partes ! Tu sais bien que Wanau veut se marier avec toi !

Je ris à travers mes larmes. Le petit cousin de mon amie a neuf ans seulement, mais il me dépasse déjà de deux têtes et il est aussi large que haut ! Depuis que je le connais, il dit à Moora qu'il est amoureux de moi.

– En plus, on avait des tas de projets pour la rentrée, ajoute Lucile. Le club théâtre, l'association baby-sitting... Ton père ne peut pas nous faire ça !

Je secoue la tête, je n'arrive pas à parler pour l'instant.

– Pourquoi vous partez à Paris ? continue Moora en s'essuyant les yeux. Sydney, c'est moins loin, et c'est une super grande ville d'Australie ! Ton père pourrait peut-être…

– Ne cherche pas à comprendre. C'est comme ça. Papa a trouvé un travail en métropole.

– Oui mais est-ce qu'il est sûr qu'au final il aura VRAIMENT un emploi ? renchérit Lucile. Il paraît que la vie est très chère à Paris. J'ai lu que les logements y étaient hors de prix. Alors si tous les appartements sont trop chers et qu'en plus ton père reste au chômage, ce sera bien pire qu'ici !

– Ha ben net[1] ! s'écrie Moora. Et même si ton papa travaille à Paris, ta maman va perdre son emploi. Comment allez-vous

1. « C'est clair ! »

faire avec un seul salaire, puisque là-bas tout coûte plus cher que sur notre île ? Ça m'inquiète pour vous, Vanille !

Les larmes perlent à nouveau au bord des paupières de Moora et je suis obligée de trouver des paroles réconfortantes.

– D'abord, c'est certain que mon père aura un travail à Paris. On ne part pas à l'aventure ! Ensuite, ma mère va chercher un emploi elle aussi. En tant que secrétaire médicale, je pense qu'elle n'aura pas de mal à être embauchée... Il doit y avoir des centaines de médecins ou de dentistes à Paris ! Rassure-toi Moora, nous n'aurons plus de problèmes financiers. Mais nous vivrons là-bas... Et c'est trop horrible !

Mes amies acquiescent gravement et elles m'aident à débarrasser la table. Ensuite, nous empruntons la route du collège. Ce matin, le chemin qui me paraît d'habitude si banal ressemble au paradis. Les flamboyants ont pris leurs couleurs d'été. Ces arbres gigantesques forment de magnifiques parasols rouges lorsqu'ils fleurissent. Pour nous, cela signifie que les grandes vacances ne sont plus très loin !

Sur notre île, le mois de novembre marque le début de l'été austral. Par contre, à la même période en métropole, la grisaille pointe son nez !

Au CM2, mon maître était un « métro » qui avait demandé sa mutation sur notre île. Il nous avait expliqué qu'en France, novembre est le mois où les gens ressortent leurs manteaux, leurs parapluies et leurs écharpes ! C'est triste de vivre emmitouflé les deux tiers de l'année…

Je suis perdue dans mes réflexions, mais je ne suis pas la seule. Mes amies marchent silencieusement à mes côtés. Le soleil inonde l'anse Vata et ce spectacle est beau à couper le souffle. Je murmure :

– Comment ai-je pu passer ici jour après jour sans me rendre compte que la route du collège est magnifique ? C'est comme si je la voyais pour la première fois !

Lucile et Moora m'adressent un bien triste sourire. C'est le moment que choisit Soane pour croiser notre route. Comme chaque matin, il se sent obligé de nous asséner sa plaisanterie favorite.

– Alors les vahinés, on flamboie sous les flamboyants ?

– N'importe quoi ! s'exclame Lucile.

– Va baigner[1] ! On n'a absolument pas envie de t'entendre ce matin ! ajoute Moora.

Mon voisin de classe, vexé d'être rabroué, presse le pas pour nous distancer. Il me jette un regard en coin. Je le soupçonne d'être un peu amoureux de moi.

1. « Tu m'énerves ! »

Jusqu'à maintenant, je pensais que c'était la pire chose qui pouvait m'arriver. Hier soir, j'ai découvert qu'il y a un ordre de gravité dans les événements…

Nous rentrons dans le collège d'un pas lourd. Dans un mois, nous serons en congés et je le quitterai pour toujours.

J'ai la gorge qui se serre. Désormais, chaque seconde qui passe me rapproche de la date fatidique.

– Je donnerais n'importe quoi pour rester ici, dis-je d'une voix lugubre. Je croyais que je n'aimais pas ce collège, je me trompais. Je vais vous avouer un truc complètement fou. Si on me proposait de passer les vacances en classe à résoudre des problèmes de maths, mais qu'on me promette que je serai toujours là en janvier, j'accepterais sans hésiter !

Mes copines approuvent d'un hochement de tête. Depuis que je les connais, c'est la première fois qu'elles sont aussi peu bavardes.

– Il nous reste deux mois, nous chuchote Lucile alors que notre rang monte vers la salle de cours.

– Deux mois pour quoi ? s'étonne Moora à mi-voix.

– Deux mois pour sauver Vanille… Et imaginer un plan anti-déménagement !

Il faut sauver Vanille !

Toute la journée, je réfléchis à m'en donner la migraine. Lucile vient d'allumer un petit espoir dans ma tête et je n'ai pas envie qu'il s'éteigne. Moora a retrouvé son sourire, celui qui illumine son beau visage et qui plaît tant aux garçons.

– On va trouver des solutions, tu vas voir, me répète-t-elle. Lucile a raison. Il doit bien exister un moyen pour que tu restes avec nous à Nouméa.

– Évidemment que j'ai raison, réplique Lucile. Et j'ai toujours des idées de génie ! C'est normal, dans une autre vie j'étais la sœur de Léonard de Vinci !

– Awa[1] ? Il avait une sœur ? demande Moora étonnée.

J'arrive même à sourire un peu...

En sortant du collège ce soir-là, on court jusqu'à notre plage préférée. C'est un minuscule banc de sable au bout de l'anse Vata. Il est caché par de gros rochers et on s'y sent à l'abri des oreilles et des regards indiscrets. On étale nos serviettes et on sort chacune une feuille de classeur et un stylo.

1. « Ah bon ? »

– On va commencer par donner un nom à notre projet ! dit Lucile.

On propose en vrac « Paris c'est trop nul », « Opération NAD » (Non Au Déménagement), « Trois filles en mission ».

C'est finalement « Il faut sauver Vanille » que nous retenons après un vote serré. Je suis au centre du projet, donc mon prénom doit y figurer, m'expliquent mes amies.

Lucile recopie le titre de sa belle écriture avec ses feutres fluo. Pendant ce temps, Moora jette quelques premières idées au brouillon.

– Vanille se casse le bras la veille de partir, lance-t-elle.

Je proteste en expliquant qu'il est toujours possible de prendre l'avion avec un bras cassé. Aussitôt mon amie barre le mot « bras » et écrit « les deux jambes et les deux bras ». Je m'oppose à cette idée qui est définitivement écartée.

Moora suggère alors :

– On rencontre un membre très haut placé de l'aéroport de Nouméa et on le convainc de déclencher une grève des avions pendant un an. C'est fin choc[1], non ?

Lucile se met à rire.

– N'importe quoi ! On n'arrive pas à persuader nos parents qu'on peut se coucher tard dans la semaine, vous croyez qu'on va réussir à provoquer une grève si longue dans un aéroport ?

Je propose l'idée suivante :

– Quelques jours avant le départ, on fait « disparaître » les billets d'avion qu'ont achetés mes parents. On s'ar-

1. « C'est génial ! »

range pour maquiller le vol en cambriolage... Comme les billets coûtent trop cher pour qu'on en achète d'autres, le déménagement tombe à l'eau.

– Et ton père se lance à nouveau dans la recherche d'un travail ici ! ajoute Moora.

Encouragée par cette remarque, je lance :

– J'ai une autre idée. Je fugue la veille du départ et je vais vivre sur l'île des Pins, dans la tribu des cousins de Moora. Personne ne peut quitter Nouméa tant que je ne suis pas de retour. Et je reviens... euh... au bout d'un an.

Je me sens mal lorsque j'imagine la peine de ma famille. En même temps, côté tristesse, ils ne m'ont rien épargné hier.

– Longin[1] ! s'écrie Moora. On pourrait même partir avec toi ! Une sorte de fugue collective !

– On peut aussi retenir ce plan, déclare Lucile. Mais je vous en propose un autre. Pour l'instant, Vanille, tu es la seule à vouloir rester. Si on trouve un petit copain à Margaux, elle ne voudra plus partir elle non plus... Donc vous serez deux à tenter de convaincre vos parents de ne pas déménager. L'union fait la force !

– Fin valab ! dit Moora qui continue à prendre des notes. En plus, je peux lui présenter le grand frère de Wanau...

– Il faut plutôt donner cette mission à mon frère, corrige Lucile. Raphaël est en terminale dans le lycée de Margaux... Il peut se charger de lui présenter ses amis, parmi eux ta sœur rencontrera peut-être son futur amoureux !

1. « Punaise ! »

Je souris en pensant à ma sœur, foudroyée par l'Amour dans la cour de son lycée.

Cette suggestion me plaît et nous la gardons sur notre liste.

– Notons aussi « Trouver un nouveau métier à monsieur Fos », continue Lucile. Si on lui propose du travail ici, c'est sûr, il ne partira plus !

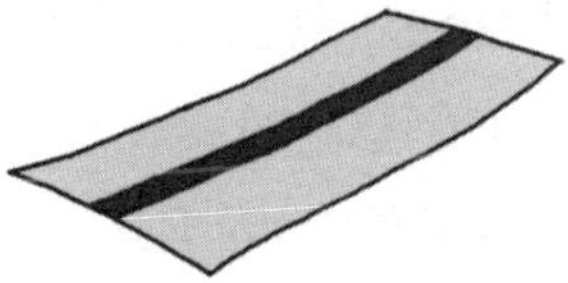

– J'ai le mensonge fin choc, les filles ! s'écrie Moora en se levant. Imaginons que Vanille se découvre une allergie soudaine à quelque chose qu'il y a en grande quantité à Paris !

– Quoi par exemple ?

– Eh bien… La pollution ! Les gaz d'échappement ! Un truc de ce genre…

– Mais comment Vanille va-t-elle découvrir qu'elle est allergique puisqu'elle n'est pas encore à Paris ? demande Lucile qui a toujours les pieds sur terre.

– C'est vrai, dis-je en me tournant vers Moora. Et comment vais-je faire pour simuler une allergie ?

– Facile ! me répond mon amie. Wanau connaît des plantes qui donnent des boutons plus gros qu'une piqûre de moustique ! Il suffit de se frotter le corps avec…

– Je crois que tu m'en veux, Moora ! D'abord, tu suggères que je me casse les bras et les jambes, ensuite que je me transforme en monstre boutonneux !

Lucile rit tandis que Moora hausse les épaules. Mon amie est très susceptible et je la sens vexée.

– Laisse taleur[1], vous trouvez toujours mes idées mauvaises, dit-elle d'un ton boudeur.

1. « Laisse tomber ! »

– Pas du tout ! C'est juste que je ne vois pas comment mettre en pratique le plan « allergie ». Mais on peut le noter si tu…

Je suis interrompue par des voix qui retentissent derrière nous. Soane et sa bande s'approchent. Mes amies cachent à toute vitesse les feuilles sur lesquelles elles écrivaient.

– Alors Vanille, c'est vrai que tu nous quittes ? lance Soane en s'asseyant sur ma serviette.

La voix tremblante, je murmure :

– Comment le sais-tu ?

– Tout le collège est au courant, explique Tuhi. Tu oublies que ta sœur est copine avec la mienne ?

– C'est fou comme les nouvelles vont vite. Je crois que tout Nouméa sait que la famille Fos s'en va, ajoute Quentin.

– Et alors ? Vous venez voir si je pleure, c'est ça ? Vous n'avez rien d'autre à faire de votre soirée ?

– Mais non ! proteste Soane en me regardant avec insistance. On voulait justement te dire qu'on…

– Tcha[1] ! On n'a rien envie d'entendre ! s'exclame Moora en se levant.

Mon amie est, comme son cousin, plutôt grande et baraquée. Les trois garçons se lèvent eux aussi, mais ils paraissent si petits face à Moora qu'ils préfèrent disparaître.

1. Tcha marque ici la désapprobation. Il signifie : « C'est faux, je ne te crois pas ! »

– On ne va pas se laisser embêter par trois asticots de rien du tout ! s'écrie Lucile.

Je souris, mais le cœur n'y est pas. Avant, j'adorais me moquer de la bande de Soane. Aujourd'hui, cet exercice ne m'amuse plus.

En m'allongeant à nouveau sur ma serviette, je remarque une boule de papier chiffonnée. Intriguée, je la déplie. C'est un mot déposé par Soane ! Je m'apprête à le lire à haute voix, et puis je me tais. Pour la première fois, je n'ai pas envie d'être ironique...

Il a écrit :

« Si tu pars, tu emportes avec toi une partie de mon cœur. Soane »

Mes amies n'ont rien vu, mais je me suis sentie rougir malgré moi.

Ce doit être une plaisanterie… Soane est incapable d'écrire d'aussi belles choses. Je mets le message dans ma poche.

Il sera facile à oublier.

Une liste pleine d'idées

En rentrant chez moi ce soir-là, j'ai une boule dans la gorge. Je ne pourrai pas éviter une nouvelle « grande explication » pendant laquelle on cherchera à me convaincre qu'il est indispensable que nous déménagions.

Comme je le pensais, mon père m'attend dans le salon. Il m'invite à m'asseoir à côté de lui et, sans me laisser le temps de dire quoi que ce soit, il se lance dans un long discours qu'il a dû mettre au point toute la journée.

J'apprends notamment que papa a un cousin éloigné en métropole et que celui-ci a promis de l'embaucher dans son entreprise.

– Notre situation financière est difficile, Vanille, explique mon père. Le salaire de maman n'est plus suffisant. Partir représente la seule solution possible... À Paris, je gagnerai confortablement ma vie et je pense que ta mère n'aura aucun problème pour trouver une nouvelle place de secrétaire médicale. Ma peine est aussi grande que la tienne mais nous devons quitter cette île pour aller mieux, tu comprends ?

Je me contente de hocher la tête. Papa semble soulagé. Il me croit certainement convaincue.

Je regagne ma chambre pour faire le point. Je comprends son inquiétude, seulement je n'accepte pas ses arguments. Il ne se rend pas compte qu'il existe forcément une autre solution que celle qu'il a envisagée ! C'est pour cette raison que « Il faut sauver Vanille » a vu le jour. Nous avons d'ailleurs continué à développer notre liste d'idées, Lucile, Moora et moi.

Lucile a proposé une solution d'extrême urgence. Si tous nos plans échouent, elle suggère qu'on s'arrange pour que l'avion qui m'emportera ne puisse pas décoller.

– On s'allonge sur la piste de l'aéroport et on refuse de se lever. Si on s'enchaîne, c'est encore mieux. J'ai vu un film où les gens faisaient ça devant un hôpital… Eh bien ils ont réussi à faire arrêter le chirurgien qui avait loupé son opération !

– On risque d'être écrasées par les avions qui décollent, a murmuré Moora d'un air inquiet.

– Mais non, ne t'inquiète pas ! a rétorqué Lucile. On prendra des casseroles et on fera un bruit terrible en tapant dessus. Comme ça, les radios et les télés se précipiteront. L'opinion publique sera informée de la situation tragique que vit la famille Fos... Il y aura peut-être même un directeur d'entreprise qui regardera les infos ce jour-là et le père de Vanille trouvera un travail dans la semaine qui suit ! C'est le pouvoir des médias, les filles !

Moora, enthousiasmée par cette idée, s'est empressée de la noter. Elle a aussi proposé que nous fassions la grève de la faim. On perd environ dix kilos et on doit nous hospitaliser pendant au moins un an pour nous « engraisser à nouveau ».

Du coup, je ne peux plus partir puisque je suis trop faible !

Ce plan a été immédiatement rejeté. On aime trop manger pour se laisser dépérir !

On s'est d'ailleurs mises à parler cuisine. Moora veut nous inviter à partager le bougna[1] de sa grand-mère. Il paraît que c'est le meilleur de l'île et je m'en régale par avance ! Lucile a proposé de nous faire goûter la marinade de cerf[2] que prépare son oncle. J'ai donc parlé du mahi-mahi[3] au lait de coco qui est la spécialité de papa.

1. Plat mélanésien à base de poisson, d'igname, de taro (deux tubercules) et de banane, cuits dans des feuilles de bananier.
2. Viande de cerf coupée en morceaux et mise à mariner avec du soyo, du miel, des herbes et des épices puis passée au barbecue.
3. Poisson très coloré que l'on trouve dans les mers tropicales. Son nom peut se traduire par « fort fort ».

On a fini par se dire que les plats de Nouvelle-Calédonie étaient fin bons et que jamais on ne se priverait de nourriture !

Je viens d'avoir l'idée numéro neuf. En gardant des enfants dans le quartier, j'ai accumulé une belle somme en francs pacifiques. Alors je décide de jouer chaque semaine au loto. Si je trouve les six bons numéros, je donne l'argent à mes parents et on peut envisager la vie sous un autre angle…

Je m'imagine arriver avec un énorme chèque à la maison. Maman pleurerait de joie et papa n'en croirait pas ses yeux. On déciderait de visiter Paris pour fêter ça !

Je nage en plein bonheur rien qu'en imaginant ce scénario. Mais mon joli rêve est interrompu par la sonnerie du téléphone. Je reconnais tout de suite la voix au bout du fil : Soane !

– C'était juste pour te demander si tu avais trouvé mon mot... bredouille-t-il à voix basse. Euh... Je voulais te dire que c'était... Enfin... vrai quoi !

Je n'ai pas le temps de répondre, il raccroche aussitôt.

Je n'en reviens pas ! Pour une fois qu'un garçon semble intéressé par ma petite personne, il faut que ce soit le plus bête du collège... La malchance me colle à la peau en ce moment.

– Vanille, regarde un peu ces photos !

Décidément, ce n'est pas ce soir que j'arriverai à réfléchir tranquillement ! Margaux me tend un livre qui fait descendre mon moral en flèche.

– Tu ne peux pas rester insensible devant de telles images ! affirme-t-elle en me montrant son guide *Visiter Paris*.

– Je n'ai même pas envie de l'ouvrir ! je marmonne en m'allongeant sur mon lit.

– Quelle rabat-joie ! Jette au moins un œil avant de critiquer…

Je feuillette le guide à contrecœur. Les monuments défilent, page après page. Margaux, qui les contemple par-dessus mon épaule, pousse des cris d'admiration toutes les deux secondes.

– C'est magnifique ! s'écrie-t-elle. Et tu n'as pas vu les images de la fin, ce sont les plus belles ! Elles sont prises de nuit.

Je referme le livre d'un coup sec. Je n'ai aucune envie de découvrir Paris by night !

– Ça ne m'intéresse pas, dis-je en montrant la porte à ma sœur.

Elle sort en haussant les épaules. Je lui en veux terriblement. Je la sens déjà partie dans sa tête. Comment peut-elle aussi vite tourner la page ?

Lorsque maman rentre du travail, elle me rejoint dans ma chambre. Son discours est très proche de celui de papa. Mais lorsqu'elle évoque notre déménagement, des larmes pointent à ses paupières. Je la serre dans mes bras très fort. Son chagrin me donne encore plus envie de me battre pour rester ici !

C'est ce que j'explique à Lucile qui me téléphone après le dîner :

– Il faut absolument que l'un de nos plans fonctionne ! Je ne serai pas la seule à souffrir à Paris. J'ai bien vu que ma mère se forçait pour me prouver que ce déménagement allait nous rendre heureux.

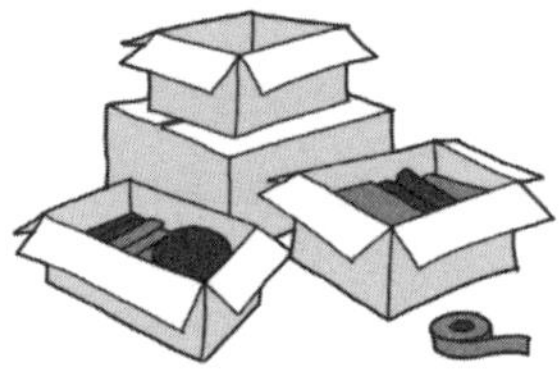

– Mais ça va marcher Vanille ! On va y mettre toute notre énergie, crois-moi ! J'ai déjà alerté Raphaël pour le plan « petit copain de Margaux ». Il est prêt à coopérer, il m'a même dit que ça lui changerait un peu les idées entre deux révisions du bac ! Tu viens à la maison demain après le collège et on lui expliquera ce qu'il doit faire exactement.

– Alors on enclenche le plan numéro un ?

– Exactement ! Il est 20 h 57 à ma montre, « Il faut sauver Vanille » débute. On a deux mois pour le faire aboutir, conclut Lucile.

En raccrochant, je me sens à la fois inquiète et impatiente. Je sais que mes amies sont là, à mes côtés, avec leurs idées et leur volonté. Alors s'il faut déplacer une montagne, nous trouverons la force nécessaire !

Cette nuit-là, je fais un rêve absurde. Moora, Lucile et moi, nous poussons une montagne posée sur un chariot.

– Tu vois, ce n'est pas si difficile, me disent mes copines en souriant.

En levant les yeux, je remarque un avion dans le ciel. Il atterrit devant nous, mon père en descend et me demande de le suivre à l'intérieur. Comme je lui explique que je ne peux pas car je suis enchaînée à mes deux amies, il sort une énorme pince de sa poche et s'apprête à couper la chaîne que j'ai autour du poignet. C'est à cet instant que mon réveil sonne.

Je tremble encore en prenant mon petit-déjeuner.

Une menace en cartons

– Poids, taille, couleur des yeux, mensurations ?

Raphaël, hilare, nous demande de décrire précisément ma sœur. À la sortie du collège, nous avons filé chez Lucile et, depuis dix minutes, son frère aîné s'amuse à nous questionner.

– C'est sérieux Vanille, continue-t-il. Je dois avoir des précisions si tu veux que je présente des copains à Margaux !

Je te rappelle que je suis en terminale et que je ne connais pas toutes les premières du lycée. Comment veux-tu que j'identifie ta sœur si je n'ai pas une fiche signalétique précise ?

– Mais la photo ne te suffit pas ? demande Lucile.

– Vous me faites rire, vous m'apportez une photo qui date de deux ans ! Vous savez à quel point les filles changent entre quinze et dix-sept ans ! Si vous voulez que je m'arrange pour croiser par hasard la route de Margaux, je dois la reconnaître dès le premier regard !

Je fournis donc à Raphaël une description détaillée de ma sœur. Mes deux amies sont excitées comme des puces et me coupent la parole toutes les deux minutes.

– Attention Rafa, s'écrie Lucile, on compte sur toi ! Il faut que Margaux tombe folle amoureuse. Qu'elle ne veuille ab-so-lu-ment plus partir, tu vois ?

– Arrange-toi pour lui présenter un garçon fin valab, renchérit Moora. On veut de l'amour fou, éternel et sans divorce !

On se met à rire.

J'imagine Margaux des étoiles plein les yeux. Elle vient de croiser la route d'un bel inconnu. Elle se précipite à la maison en criant qu'elle ne veut plus partir. Elle déchire son guide sur Paris qu'elle doit commencer à connaître par cœur !

Toutes les deux, nous pleurons tant et tant que papa reprend sa recherche d'un travail sur l'île…

Du coup, je me sens d'attaque pour un vrai tri dans notre liste « Il faut sauver Vanille ».

Lucile sort sa feuille. Parmi la quinzaine de plans que nous avons mis au point, seuls quelques-uns semblent réalisables. Nous barrons donc les trois dernières idées de Moora : la fausse allergie à Paris, l'attaque de l'avion avec des bazookas en plastique et le rapt d'un directeur d'entreprise de Nouméa pour l'obliger à embaucher mon père.

Moora est vexée de voir ses stratégies rangées au placard, Lucile et moi passons un certain temps à lui prouver qu'elle reste malgré tout une amie aux idées géniales.

Par la suite, je décide de supprimer les plans qui engagent mes amies, comme la fugue en commun ou leur résistance passive, enchaînées sur la piste devant l'avion.

Finalement, cinq projets sont retenus : un petit ami pour ma sœur, un travail pour mon père, le gain au loto, la disparition des billets d'avion… Le plan d'urgence reste la fugue. Je ne l'adopterai que si je n'ai plus d'autre issue.

Je quitte la maison de mon amie avec un moral d'acier. Raphaël nous a précisé qu'il n'avait pas le pouvoir de faire naître l'amour sur commande, mais qu'il allait s'occuper sérieusement du cas Margaux !

Lorsque je rentre chez moi, j'ai un choc terrible. Papa est en train de sortir des cartons vides du coffre de la voiture.

Maman est rentrée plus tôt du travail et elle l'aide à entasser sa cargaison dans le garage. Mes parents ne m'ont pas vue et je veille à rester invisible.

– Je vais demander aux filles de trier leurs affaires, déclare maman. Elles ont accumulé un tel bazar !

– Et connaissant le prix du déménagement, ajoute papa, on n'emportera que l'indispensable…

Je rentre dans la maison par la terrasse, sans me manifester.

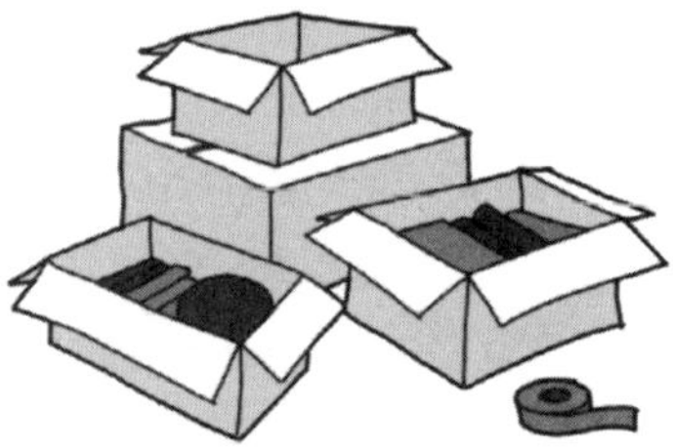

C'est la première fois que de simples cartons me font aussi peur. Je sais qu'ils seront transportés en France par cargo, dans de gros containers.

Il faudra plus d'un mois pour qu'ils arrivent en métropole. Le déménagement se prépare longtemps à l'avance en Nouvelle-Calédonie…

Je rejoins ma chambre et je m'y enferme en claquant la porte.

La soirée est sinistre. Je ne dis pas un mot pendant le repas.

Lorsque mon père me demande si je suis souffrante, je lui réponds que je suis allergique aux cartons. Maman sourit faiblement.

Je me couche très tôt ce soir-là.

Vivement que Raphaël passe à l'action !

Le plan numéro deux est enclenché dès le lendemain matin.

– Si on veut arriver à un résultat, il faut attaquer sur tous les fronts à la fois, nous explique Lucile pendant la pause de midi au collège. Je propose donc qu'on se répartisse les tâches. En ce qui concerne le travail de monsieur Fos, il faut commencer à chercher dès maintenant.

– Justement, glisse Moora très fièrement, hier, j'ai appelé mon cousin Mahi. Il cherche un emploi. On peut lui demander des renseignements, il est prêt à nous aider !

Je souris à mes deux amies, elles me donnent des ailes.

Dès la fin des cours, on se précipite vers le bus qui nous amène place des Cocotiers, en plein centre de Nouméa. Mahi, le cousin de Moora, nous y attend.

Comme tous les membres de sa famille, ce jeune homme est une vraie armoire ! Il nous tend le journal du jour et nous montre la rubrique des petites annonces.

Mon père étant informaticien, nous devons cocher celles qui se rapprochent de près ou de loin à l'informatique.

Il y a très peu d'offres d'emploi, mais Mahi s'engage à téléphoner à la place de mon père si nous trouvons une annonce qui nous semble intéressante.

– Je passe dans les agences du Pôle Emploi tous les jours, ajoute-t-il. Je peux repérer pour vous les propositions de travail dans le secteur que vous cherchez. Je téléphone à Moora le soir pour lui faire un compte rendu.

Je ne sais comment remercier Mahi. Il me serre dans ses bras à m'en casser une côte et annonce :

– Tu es l'amie de ma cousine. On est un peu « famille » et une amie, c'est irremplaçable. Tata[1].

Je sens que j'ai envie de pleurer.

C'est ce que je fais dans le bus qui me ramène chez moi.

La maison est déserte quand j'arrive. Je frappe au bureau de papa, mais la porte est fermée à clé… Un peu surprise, je l'appelle sur son portable. Il me répond qu'il est parti faire une course et qu'il ne faut pas l'attendre pour le repas.

1. « Au revoir. »

Je m'apprête à lui demander pourquoi il a condamné l'accès à son bureau, mais il raccroche sans que j'aie le temps de l'interroger.

Je reste perplexe. D'habitude, mon père passe son temps devant son ordinateur.

Pendant quelques secondes, je me remets à espérer. Aurait-il un rendez-vous professionnel ? Mais mon espoir s'envole vite lorsque je me rends compte que maman a commencé à remplir des cartons pendant que j'étais en cours ce matin. Il y en a deux dans le couloir et trois dans la salle à manger. J'ai une envie folle de les vider mais je me contente de les regarder d'un œil noir en espérant leur jeter un sort.

J'aimerais que le temps s'arrête…

Face à la porte close

Dans deux semaines, les grandes vacances débutent. En classe, c'est l'effervescence depuis quelques jours. Il n'y a que notre trio qui reste sérieux. Chaque matin, nous faisons le point sur l'avancée de nos différents plans.

J'ai commencé à jouer au loto, mais j'ai perdu ma petite mise à chaque fois.

Raphaël va inviter ma sœur à une fête qui a lieu demain soir. Je croise les doigts pour qu'elle y trouve un amoureux inoubliable...

Notre recherche d'emploi est décevante. Les demandes sont très nombreuses chaque matin dans le journal, par contre il nous faut à peine cinq minutes pour lire les offres.

Mahi téléphone à sa cousine chaque jour comme il l'avait promis. Pour l'instant, il a contacté une seule entreprise informatique, mais comme il n'y connaît absolument rien dans ce domaine, il s'est un peu embrouillé dans ses explications. Du coup, la secrétaire n'a pas accordé de rendez-vous au faux M. Fos.

Aujourd'hui, une fois de plus, aucune annonce ne correspond au profil de mon père ! Je me sens déprimée en refermant le journal, mais Lucile me met du baume au cœur.

– Allez, demain, ce sera mieux, affirme-t-elle pour me rassurer. N'oublie pas notre plan « Disparition des billets d'avion ». Tu as repéré où ils étaient ?

– Pas encore, mais je compte fouiller dans le bureau de mon père dès qu'il m'en laissera l'accès... Depuis quelques jours, il est bizarre. Il part au petit matin et il rentre le soir, très tard, et très fatigué. Pendant son absence, il ferme à clé la porte de son bureau.

– Tu ne lui as pas demandé où il passait ses journées ?

– Bien sûr que si ! Mais il reste très vague. Il affirme « faire le point avec son île ». Pendant un moment, j'ai cru qu'il avait recommencé à chercher un emploi, mais je me suis trompée... Je l'ai espionné ces derniers jours et j'ai remarqué qu'il se jetait sur la boîte aux lettres après le passage du facteur. Ensuite, il s'enferme dans son bureau. Il en ressort une heure plus tard, il ferme soigneusement la porte à clé et il part avec son sac à dos et des chaussures de marche. Je crois qu'il se promène, tout simplement ! Et cette idée me rend folle…

Mon amie essaie de me changer les idées en imitant la démarche de Soane qui vient de passer à côté de nous.

Ce garçon est de moins en moins discret ! Bientôt, tout le collège saura qu'il est amoureux de moi ! En cours, il louche dans ma direction en permanence et si j'ai le malheur de le regarder, il devient rouge comme un flamboyant. Il m'exaspère.

De toute façon, en ce moment, je ne supporte personne.

Mon père est un courant d'air. Ma mère remplit des cartons à longueur de temps. Dès qu'elle a cinq minutes de libre, elle fait place nette dans les placards ! Les pièces se vident petit à petit et j'ai l'impression d'être la seule qui le remarque. Margaux continue à parler de Paris…

Je me sens vraiment seule dans ma famille. J'en arrive parfois à penser à la solution d'extrême urgence, celle qui m'éloignerait d'eux pour un long moment. Mais je préfère imaginer que l'une des idées de « Il faut sauver Vanille » me permettra de retrouver une vie normale et d'éviter la fugue.

Justement, en montant dans le bus, je tombe nez à nez avec Raphaël. Je m'assois à ses côtés et lui demande :

– Alors ? Tu as réussi à inviter Margaux ? Qu'est-ce qu'elle a dit ?

– Euh... Désolé Vanille, mais c'est loupé, me répond-il avec une grimace.

– Comment ça, loupé ?

– Eh bien ta sœur n'a pas été très aimable. Elle prétend qu'elle avait prévu autre chose samedi soir.

– Quoi ?

J'ai crié si fort que plusieurs passagers se retournent. Raphaël me fait signe de me calmer et la conversation continue à mi-voix. J'apprends que Margaux a tout simplement déclaré qu'elle avait trop de travail pour s'amuser. Je suis tellement surprise par cette information que je ne dis même pas au revoir au frère de Lucile en descendant du bus. Je fonce chez moi et je me dirige directement vers la chambre de ma sœur.

Elle est allongée sur son lit, en grande discussion avec Pauline, sa meilleure amie.

Elles s'arrêtent net de parler lorsque j'ouvre la porte comme une furie en demandant :

– Qu'est-ce que tu fais demain soir ?

– On ne t'a jamais appris à frapper avant d'entrer ? me répond Margaux visiblement irritée.

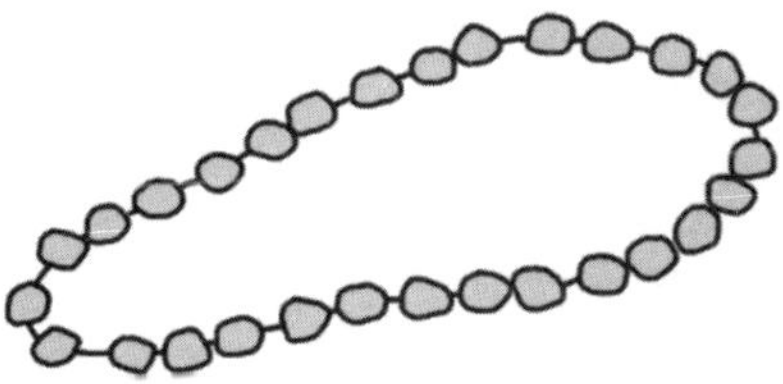

Je prends le temps de m'excuser et je bredouille un gros mensonge.

– J'aurais besoin de toi pour euh... Avec mes amies on voulait avoir ton avis pour notre futur club de baby-sitters et comme on se réunit demain soir, j'avais pensé...

– Tu penses trop vite ! me lance ma sœur. Demain, je révise mon français avec Pauline.

– Tu… Tu vas travailler toute la soirée ?

– Bien sûr ! D'ailleurs, je dormirai chez elle. Tu n'imagines pas le nombre de textes à revoir pour le bac !

Je ne réponds pas. Je sors de la chambre, tête basse, et je me rue sur le téléphone pour faire le compte rendu de cet échec à Lucile. Elle est déjà au courant.

Son frère lui a confié que Margaux était aussi douce qu'un oursin. Je n'ai même pas envie de rire… Ma sœur découvre maintenant qu'elle a des examens dans quinze jours !

À cause de Margaux, notre plan numéro un tombe à l'eau. Je suis furieuse et triste à la fois. Et je dois dès à présent me consacrer à une autre idée de « Il faut sauver Vanille ».

Je décide donc de chercher où mes parents ont rangé les billets d'avion. Je rentre sur la pointe des pieds dans leur chambre et j'ouvre placards et commode. Ma recherche est vaine. À tout hasard, je fouille la salle à manger et le salon. Rien ! Prise par une soudaine inspiration, je me précipite vers le bureau de mon père. Mais, une fois de plus, la porte est close ! Je la pousse rageusement. Je dois réussir à entrer dans cette pièce. Je suis persuadée que les billets y sont !

Je ne comprends pas pourquoi mon père quitte la maison en fermant son bureau à clé. Il est parti ce matin et, cette fois, il a emporté son bâton de marche !

J'ai demandé à maman pour quelle raison papa disparaissait ainsi des journées entières. Elle a haussé les épaules et m'a expliqué qu'il avait besoin de prendre l'air... J'en suis restée sans voix. M. Fos doit se promener pour aller mieux.

Mais je n'ai pas dit mon dernier mot.

Je trouverai un moyen d'ouvrir cette porte !

Des lettres mystérieuses

Les vacances ont débuté officiellement ce matin. Hier, j'étais trop émue pour me consacrer à la poursuite de « Il faut sauver Vanille ». J'ai dit au revoir à la plupart des profs que j'aimais bien.

Je n'ai pas pu m'empêcher de pleurer lorsque j'ai franchi pour la dernière fois les portes du collège. Avec Lucile et Moora, on a fini la journée sur notre plage de l'anse Vata en évoquant nos souvenirs d'enfance pour chasser la tristesse qui nous envahissait.

Ce matin, mes deux amies viennent à la maison. Notre programme est simple. Nous devons trouver les billets d'avion et les faire disparaître. Nous serons seules. Ma mère travaille toute la matinée et mon père est allé chercher de nouveaux cartons puisque ceux qu'il avait apportés ont déjà rejoint le container pour la métropole.

Quant à Margaux, elle s'est découvert une soudaine passion pour le français ! Je pense qu'elle s'est rendu compte du retard accumulé dans ses révisions, à cause de ses « rêveries parisiennes ». Depuis, elle passe son temps à réviser chez Pauline, où il y aurait moins de bruit.

– Vanille, j'ai le journal ! me crie Moora en s'asseyant sur ma terrasse.

On se lance dans une énième lecture des petites annonces.

Une fois de plus, je ne repère aucune offre d'emploi correspondant au profil de mon père.

– Mahi ne m'a pas téléphoné hier, m'informe mon amie avec douceur. Alors je l'ai appelé.

– Et alors ?

– Eh bien... Il a trouvé du travail.

Je jette rageusement le journal dans la poubelle. Pourquoi papa n'a-t-il pas la chance de Mahi ? Je constate après un long silence :

– Alors il ne consultera plus les annonces du Pôle Emploi.

– Complique pas[1], Vanille... Tu sais, on peut se débrouiller pour prospecter à la place de mon cousin, propose gentiment Moora.

Lucile arrive juste à ce moment-là, hilare.

1. « Ce n'est pas grave. »

– Vous ne devinerez jamais qui je viens d'apercevoir à l'instant ! nous lance-t-elle. Soane !

– Comment ça « à l'instant » ? demande Moora.

– Il était en train de glisser quelque chose dans ta boîte aux lettres, Vanille ! s'écrie Lucile qui sourit à s'en décrocher la mâchoire. Il a bien regardé si personne ne le voyait et il est reparti à toute vitesse sur son vélo.

– Mais qu'est-ce que tu attends ? Vas-y ! hurle Moora tout excitée.

Plutôt étonnée, je saisis la clé de ma boîte aux lettres. Effectivement, il y a bien une enveloppe, seulement elle est adressée à M. Fos.

– Ouvre ! m'encourage Lucile. Je suis sûre que Soane a écrit à ton père pour lui demander ta main !

– Ah ben net ! glousse Moora. Comme au XVIIIe siècle ! Vite ! Lis !

Je décide de décoller proprement l'enveloppe pour la recacheter sans qu'on voie qu'elle a été ouverte. À l'intérieur, je découvre une photo de l'îlot Canard, au large de Nouméa. Pas un mot pour expliquer cette image découpée dans un catalogue de voyage ! Je reste sans voix.

– Soane a été bercé trop près du mur quand il était petit, explique Lucile, ça laisse des traces.

– Ce doit être un message codé pour toi Vanille, suggère Moora. Du genre : « Je rêve de partager avec toi des moments délicieux sur l'îlot Canard. »

– Et il s'adresse à mon père ?

Nous restons silencieuses un court instant. Puis je me rappelle que, ces dernières semaines, papa surveillait fébrilement la boîte aux lettres avant de s'enfermer dans son bureau… Soane aurait-il déposé d'autres images auparavant ? Je dois en avoir le cœur net. Pour cela, il faut que j'entre dans le bureau de mon père. C'est ce que j'explique à mes amies. Lucile propose de crocheter la serrure.

– Raphaël m'a montré comment faire avec une pince à cheveux. Si tu veux, on essaie !

Je donne à mon amie son « outil de cambrioleuse » et on se précipite devant la porte close.

Lucile a bien enregistré les leçons de son frère parce que la serrure cède en quelques secondes !

Je pénètre dans la pièce, suivie de près par mes amies. Je tremble de peur que quelqu'un entre. Mais ce que je découvre m'étonne tellement que ma crainte s'envole.

Mon père a tapissé un mur entier avec des images de notre île : des photos découpées dans des catalogues de voyage, mais aussi des photos numériques.

Papa passe ses journées à se promener et à photographier la Nouvelle-Calédonie ! Chaque cliché est accompagné d'un commentaire qu'il a soigneusement rédigé. J'aperçois le phare Amédée, le centre Tjibaou[1] mais aussi les éoliennes de Ploum, un stockman[2] à Bourail, la route à horaires[3] de Canala à Thio...

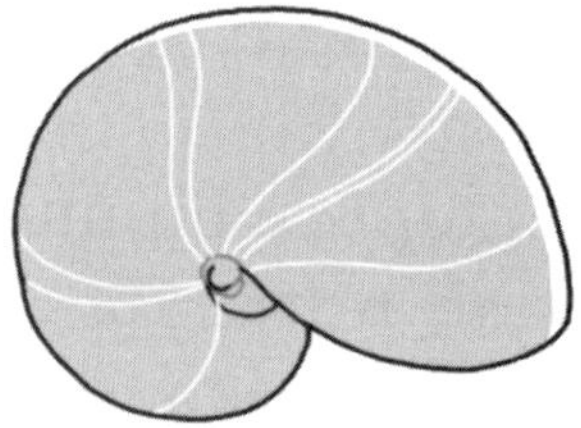

Mon père souffre lui aussi. Il veut emporter des images de la Nouvelle-Calédonie comme autant de pierres précieuses à glisser dans nos bagages.

1. Centre culturel situé sur une presqu'île à Nouméa et consacré à la culture kanaque.
2. Sorte de « cow-boy », son rôle est de surveiller les troupeaux et de les rassembler dans les fermes. Il circule à cheval, porte chapeau, jeans, jambières en cuir et fouet.
3. Route de 13 km, très étroite et sinueuse, où l'on circule dans un sens aux heures paires et dans l'autre aux heures impaires.

Je chuchote :

– C'est horrible, papa passe ses journées à dire au revoir à son île. Il l'aime encore plus que moi.

Mes deux amies restent silencieuses. Lucile désigne cinq enveloppes froissées dans la corbeille.

– C'est la même écriture que sur l'enveloppe que tu viens de trouver dans ta boîte, Vanille, constate-t-elle. Soane envoie des images à ton père régulièrement !

– Longin ! murmure Moora. Ce garçon est complètement fou…

J'observe attentivement les photos épinglées au mur. Je commence à entrevoir une réponse à l'étrange comportement de papa ces dernières semaines.

Le fait de recevoir de telles images a dû l'entraîner dans une redécouverte de la Nouvelle-Calédonie ! Ce qui explique ses absences, ses chaussures de marche et son sac à dos !

On sort du bureau et Lucile referme soigneusement la porte à clé avec ma pince à cheveux.

– Et les billets d'avion ? s'écrie alors Moora. On ne les a même pas cherchés !

– Attendez, les filles, dis-je en m'asseyant. Il faut d'abord que je digère la nouvelle...

Je suis complètement déconcertée. Je découvre en même temps la peine de mon père et l'attitude étrange de mon « amoureux » du collège !

Lucile me suggère :

– Avant que l'on cherche les billets, tu dois aller chez Soane pour qu'il t'explique ce qu'il trafique !

Je me tourne vers mes deux amies. Elles m'encouragent du regard.

– Complique pas, me rassure Moora. C'est juste un mauvais moment à passer ! Et puis, si Soane t'énerve, tu lui mets deux petites gifles !

– Non trois ! renchérit Lucile. Il y en aura aussi une de ma part.

J'essaie de sourire mais, depuis quelque temps, j'arrive juste à grimacer.

Je glisse l'enveloppe que j'ai soigneusement refermée dans ma boîte aux lettres et je me dirige vers la maison du facteur fantôme…

Les aveux de Soane

Soane est devant chez lui lorsque j'arrive, il répare un pneu de son vélo qui est à plat. Dès qu'il m'aperçoit, il se relève brusquement et se cogne la tête au guidon. Il se frotte le crâne. Sans me soucier une seule seconde de sa douleur, je me plante face à lui et je l'interroge :

– Pourquoi est-ce que tu envoies des photos de Nouvelle-Calédonie à mon père ? Et ne nie pas, on t'a vu ce matin tout près de chez moi !

Soane devient rouge flamboyant et il m'explique :

– Je ne veux pas que tu déménages. J'ai cherché une astuce pour t'en empêcher.

– Et ton idée, c'est de glisser dans ma boîte aux lettres des images découpées dans les catalogues de voyage ?

– J'ai pensé qu'en voyant à quel point notre île est belle, ton père renoncerait à partir, continue Soane en se rongeant les ongles. Alors, dès la fin novembre, j'ai commencé à lui envoyer une image par jour. Chaque matin, je passais devant chez toi pour déposer une enveloppe.

Les larmes aux yeux, je crie :

– Mais mon père passe son temps à se promener maintenant ! Je... Je ne...

Je ne peux pas finir ma phrase. Je suis submergée par l'émotion. Je préfère partir. Je quitte Soane en courant.

J'arrive très vite au bout de l'anse Vata et je m'écroule au pied d'un cocotier. Mon chagrin est si grand que je sanglote. Je n'y comprends plus rien. Mon père joue au globe-trotter pendant que ma mère vide la maison ! Ma sœur, fille et petite-fille de Caldoches, rêve d'habiter une ville à l'autre bout de la Terre ! Le garçon qui était à mes yeux le plus bête du collège est prêt à tout pour que je reste ici !

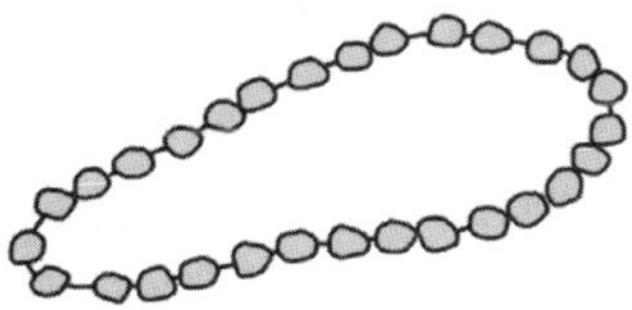

Les paroles de Soane m'ont touchée. J'ai senti son amour m'atteindre alors que j'aurais dû en rire.

Je finis par me jeter à l'eau toute habillée. L'océan efface mes larmes. Ma chemise gonfle comme un parachute. Je me laisse porter par les vagues.

– Euh… Tu veux que j'aille te chercher une serviette ?

Je me tourne vers la voix que je reconnais sans peine. Soane m'a suivie ! Il me regarde en souriant depuis la plage. Je n'ose pas sortir de l'eau, on voit mon soutien-gorge à travers ma chemise mouillée !

– Tourne-toi, j'ordonne.

Je me précipite derrière un cocotier. J'enlève ma chemise et je l'essore autant que je peux. Soane me tend son tee-shirt.

– Prends-le, dit-il en détournant les yeux, je te le prête. Je peux rester torse nu, c'est moins gênant pour moi que pour toi.

J'enfile le tee-shirt rapidement. Je suis surprise par le parfum agréable qui s'en dégage. Je m'assois et mon short mouillé se couvre de sable.

– Je te prêterais bien mon short aussi, ajoute Soane en souriant, mais j'ai peur qu'il soit trop grand, tu risques de le perdre avant d'arriver chez toi.

Je souris prudemment. Le silence s'installe. Je fixe l'océan.

Soane murmure :

– Pardonne-moi Vanille pour le mal que j'ai pu faire avec mes images. Je voulais juste…

– Je sais, j'ai compris. Tu ne pouvais pas savoir quelle serait la réaction de mon père.

Soane me prend la main, tout doucement.

– La seule chose qui compte pour moi, c'est que tu ne déménages pas. Je suis très triste depuis que je sais que tu vas partir…

Je lutte de toutes mes forces contre les larmes qui perlent à nouveau à mes paupières.

Je ne veux plus pleurer. Je veux juste profiter de ce moment de douceur qui m'est offert par un garçon que je croyais idiot.

– J'adore cette plage, dis-je d'une voix tremblante, et toi ?

– C'est ma préférée à Nouméa parce que tu y es toujours.

Je soupire en serrant doucement la main de Soane.

Je me demande comment on sait qu'on est amoureuse. Est-ce qu'on a le cœur qui bat très fort comme en ce moment ?

Lorsque je rentre chez moi, une heure plus tard, je me sens apaisée. Je viens de connaître de vrais instants de calme, alors que, depuis un mois, je suis énervée en permanence. Mes deux amies m'attendent sur la terrasse. Je les avais oubliées ! Elles se précipitent vers moi.

– Alors ? s'inquiète Moora. Qu'est-ce que Soane t'a raconté ?

– Tu en as mis du temps ! renchérit Lucile. Mais... tu es mouillée ? Ne me dis pas que tu t'es baignée avec lui ! Et qu'est-ce que tu fais avec ce tee-shirt ?

Pour la première fois de ma vie, je n'ai pas envie de tout leur raconter. Je parle évasivement des raisons qui ont poussé Soane à agir et mes amies plaisantent sur « la force d'un amour qui peut conduire à la folie ». Je leur explique mes larmes et mon besoin d'aller noyer mon chagrin dans l'océan. Lucile s'écrie :

– Et Super Soane est arrivé pour te sauver de la noyade...

– C'est fin choc ! En souvenir, il t'a laissé son tee-shirt. Quel romantique ! continue Moora.

Je fais semblant de rire. J'ai trop peur de les décevoir en leur avouant que je me sens vraiment touchée par les sentiments de Soane. Depuis le début de l'année, on se moque de lui et je crois que mes deux amies ne comprendraient pas que je puisse m'attacher ainsi à « Deux de QI ». Pour changer de sujet, je déclare :

– Bon, l'affaire Soane étant classée, si on continuait notre mission, les filles ?

– Oui, chef ! me répond Lucile en riant. Donne-moi ta pince à cheveux !

Nous pénétrons à nouveau dans le bureau de mon père avec la ferme intention de mettre la main sur les billets d'avion. J'ouvre tous les tiroirs du secrétaire de papa et je cherche dans les papiers rangés à l'intérieur. Moora et Lucile s'attaquent aux étagères de la bibliothèque.

Une heure plus tard, nous n'avons rien trouvé.

– L'ordi ! s'écrie soudain Lucile. C'est dans l'ordi que ton père a mis les billets !

– Laisse taleur ! On ne va pas démonter le portable de M. Fos quand même, proteste Moora.

– Mais non, je veux dire que les billets sont obligatoirement électroniques ! C'est trop bête, on aurait dû y penser avant !

Comme nous la regardons d'un air étonné, Lucile nous explique que, de plus en plus souvent, les places d'avion sont envoyées aux passagers en pièces jointes, par mail. Je connais le code d'accès du portable de mon père, nous pouvons vérifier sur-le-champ.

Après avoir parcouru un certain nombre de dossiers, nous finissons par trouver le fichier « Paris ». En l'ouvrant, je découvre quatre billets électroniques. Je fixe la date de mon départ sans y croire. Je dois quitter Nouméa le 4 janvier à 10h20.

– C'est évident que ton père les imprimera au dernier moment, se lamente Lucile. Peut-être même la veille au soir… On n'arrivera jamais à les faire disparaître.

Je m'assois par terre, atterrée. Je murmure dans un souffle :

– Encore un plan « Il faut sauver Vanille » qui tombe à l'eau. C'est horrible.

Mes deux amies rangent le bureau sans rien dire. Je vois bien qu'elles sont aussi désespérées que moi. Je regarde les clichés que papa a pris. Comme mon île est belle ! Et comme les photos du guide de Margaux me semblent fades à côté ! Nous refermons la pièce interdite. Sur le seuil, je me tourne vers Moora et Lucile et je chuchote :

– Il reste le plan d'urgence.

– Awa ? Tu serais prête à t'enfuir ? s'étrangle Moora.

– Ma fugue sera terrible pour mes parents, mais j'espère qu'elle leur fera l'effet d'un électrochoc. Je...

Une fois de plus, les mots me manquent.

Je ne veux pas quitter mon île. C'est la seule chose que je sais bien dire.

Rencontres à l'aquarium

Ce matin, en me levant, j'étais seule une fois de plus. En ce moment, c'est quasi quotidien !

Nous sommes déjà le 13 décembre. L'année dernière, à la même époque, nous préparions notre départ pour Lifou, l'une des îles de la Loyauté, à une heure d'avion de Nouméa. J'ai vécu deux semaines de rêve là-bas. Il me suffit de fermer les yeux pour me souvenir de notre arrivée.

Je revois cet immense tapis vert de pins colonnaires posé sur des eaux turquoise, avec des îlots se détachant autour et, à l'infini, d'immenses plages de sable blanc… Margaux et moi, nous passions des heures à nous baigner sur la plage de Luengoni. À quelques mètres du rivage, se dresse un rocher corallien majestueux dont nous faisions le tour chaque jour. J'ai touché des raies et j'ai vu des tortues marines se glisser entre deux rochers.

Papa passait de longues journées dans la pirogue d'un pêcheur qu'il connaissait. Le soir, il faisait griller les mahi-mahis qu'il avait pêchés. Nous avions fêté Noël avec des amis au bord de l'eau. Maman avait déposé nos cadeaux au pied du plus haut cocotier de la plage. Personne n'imaginait que notre vie allait basculer.

Et pourtant, dans moins d'un mois, ma famille est censée quitter son île…

J'ai décidé que je fuguerais la veille du grand départ pour la métropole. Ainsi, je suis certaine que l'avion partira sans la famille Fos. Malheureusement, je n'ai pas d'autre solution pour empêcher notre départ.

Margaux a passé son bac français. Depuis, elle est tout le temps dehors. Lucile m'a dit que Raphaël ne lui avait pas reparlé d'elle.

Nous ne consultons plus les offres d'emploi. Nous en avons eu assez d'acheter le journal pour le jeter à la poubelle !

Je ne gagnerai jamais au loto puisque j'ai arrêté d'y jouer. Je garde ma cagnotte pour mon long voyage loin des miens.

Les billets électroniques dorment dans l'ordinateur de papa. Mais ils ne me font plus peur. Je sais où je vais maintenant.

À la maison, notre famille n'en est plus une ! Papa part aux aurores et rentre tard. Maman fait des heures supplémentaires.

– Je m'occupe de la comptabilité du docteur Zao le soir, nous a-t-elle expliqué. Comme le déménagement coûte une fortune, ça me permet d'arrondir mon dernier salaire.

Du coup, quand ma mère rentre, elle n'a plus le courage de remplir les cartons ou de préparer à manger. On est passés au régime salade au coco, nems froids, litchis et papayes.

Quant à moi, je jongle entre mes amies et… Soane. Je ne leur ai rien raconté à propos de mon ami. Je l'appelle ainsi parce que « petit copain », ça fait idiot.

Même si c'est ce qu'il est en train de devenir.

Tout à l'heure, j'ai rendez-vous avec lui à l'aquarium de Nouméa. Soane adore les poissons et il a envie de me faire découvrir toutes les espèces qui me sont inconnues. J'ai hâte d'y être.

– Vanille ! crie soudain mon père en poussant la porte de la maison. Où est Margaux ?

– Pourquoi, qu'est-ce qui se passe ? je demande, inquiète de le voir entrer ainsi.

– Rien, rien, me répond mon père en fouillant frénétiquement dans les cartons entassés dans l'entrée. Il me faut absolument son appareil photo, le mien est déchargé ! Où est ta sœur ?

– Je ne sais pas ! Elle m'a juste laissé un mot expliquant qu'elle partait fêter les résultats du bac.

– Mais quels résultats ? Elle ne les a pas encore !

Je hausse les épaules. J'en ai plus qu'assez de cette famille courant d'air qui rentre et sort sans se soucier des autres ! Et papa qui s'agite comme si sa vie était en jeu !

– Vanille, hurle-t-il depuis la terrasse, j'ai trouvé l'appareil de Margaux ! Je file ! Je serai là vers… heur… prise…

Je n'entends pas la fin de sa phrase car papa est déjà dehors. Ce qui m'arrange. Je m'apprêtais à sortir lorsqu'il a fait son entrée fracassante !

Soane m'attend devant la porte de l'aquarium. Il me prend la main doucement. J'adore lorsqu'il fait ce geste, j'ai l'impression d'être aimée très fort. J'appuie ma tête sur son épaule, et il pose un baiser sur mes cheveux. Je me sens bien, tout simplement.

Pendant la visite, Soane commente chacun des aquariums. Il m'apprend ainsi que notre lagon est l'un des plus riches au monde. Je découvre des poissons aux couleurs magnifiques dont j'ignorais les noms jusqu'à aujourd'hui. Mon « guide » en connaît énormément !

Je ne me lasse pas d'admirer les poissons papillons aux couleurs particulièrement vives ou les poissons demoiselles qui sont d'un bleu éclatant ! La salle des coraux est aussi surprenante avec ses espèces fluorescentes.

– Il va falloir que je t'emmène plonger avec moi, me lance un Soane enthousiaste. Voir ces merveilles dans notre lagon est encore plus excitant !

J'adore faire la visite en compagnie d'un « expert » de la faune aquatique. Le garçon rougissant et mal à l'aise a disparu… D'ailleurs, quand je suis avec Soane, je me transforme moi aussi. La Vanille triste et angoissée par son déménagement s'efface. C'est ce que j'essaie de lui expliquer en sortant de l'aquarium. J'ai envie de lui dire qu'il m'aide à me sentir mieux. Mais je n'ai pas le temps de finir mes explications.

J'aperçois mon père au guichet !

Je reste figée sur place. Il est accompagné d'un couple que je ne connais pas. J'ai un mouvement de recul et je lâche la main de Soane. Je lui explique la situation à voix basse et il m'entraîne vite derrière un petit bassin. Nous observons mon père sans être vus… Il tend les billets d'entrée au couple qui l'accompagne et les photographie avant d'entrer. Voilà la raison pour laquelle il cherchait absolument un appareil photo !

Il s'adresse à eux en anglais et la femme éclate de rire. Soane chuchote à mon oreille :

– Qu'est-ce que tu as ? Pourquoi tu fais cette tête ? Je t'assure, on ne peut pas nous apercevoir, ne t'inquiète pas !

Papa disparaît avec le couple à l'intérieur de l'aquarium.

À présent, il doit se promener tranquillement en continuant son petit numéro de boute-en-train ! La colère me submerge. Il s'amuse avec des inconnus pendant que maman s'organise pour mener de front travail et déménagement !

Cette fois-ci, je n'ai plus envie de m'apitoyer sur lui. Soane me presse de questions en m'entraînant dehors.

– Je suis écœurée ! lui dis-je. Mon père n'est jamais à la maison. Tu vois, tes images sont arrivées au bon moment. Elles lui ont servi de prétexte pour ne pas s'occuper du déménagement ! J'ai cru qu'il tenait à notre île quand j'ai découvert toutes ces photos dans son bureau. Je me trompais. Il a fui pour ne rien voir ! Eh bien moi, je vais lui ouvrir les yeux !

Je presse le pas en lâchant la main de Soane qui sursaute.

– Mais attends, me dit-il. Où vas-tu ?

– Je rentre. Je ne peux pas rester ici. Je… Je t'appelle…

Je pars sans me retourner.

Je sais ce que je vais faire.

J'ai pris la décision en voyant mon père jouer au touriste.

Il faut que je me sauve.

Maintenant.

Départ précipité

J'arrive chez moi en un temps record. Je me précipite dans ma chambre, je me jette sur mon sac à dos et, voyant qu'il sera trop petit pour y mettre les affaires que j'ai prévu d'emporter, j'emprunte celui de Margaux.

J'y entasse sac de couchage, lampe de poche et quelques vêtements de rechange. Je fouille dans le placard de la cuisine pour attraper des paquets de gâteaux.

Le téléphone sonne. Je préfère l'ignorer. Je ne veux plus parler à personne. La sonnerie retentit à nouveau avec insistance. Je débranche la prise d'un geste rageur. Je prépare une minitrousse de toilette et je range mes maigres économies dans mon portefeuille. Je jette un dernier regard à ma chambre.

Je fais le tour de ma maison. Je caresse le nautile dans sa coupe et je le porte à mon oreille. Il me semble entendre le murmure de l'océan. C'est un signe ! Le coquillage me dit au revoir…

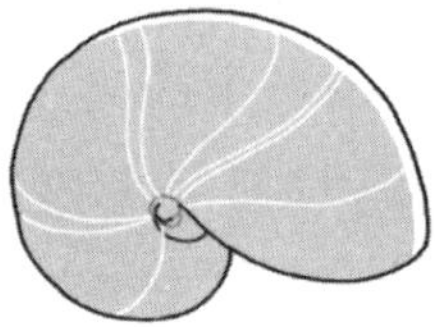

Mon ventre gronde dangereusement. « Tais-toi, je lui ordonne, c'est juste un mauvais moment à passer. » Je sors sur la terrasse. Les alizés soufflent fort et les palmiers bougent en cadence dans le lointain. Je respire un grand coup avant de fermer la porte de ma maison.

– Vanille ! Vanille !

On hurle mon prénom au bout de la rue. Je m'apprête à partir en courant lorsque je réalise que ce sont Moora et Lucile qui m'appellent.

– J'ai eu une super idée ! me lance Lucile à bout de souffle.

– Ouais, ahane Moora encore plus épuisée par sa course. On a ess... essayé de t'appeler... Mais tu... tu ne répon... dais pas...

Je m'assois sur les marches de la terrasse en serrant mon sac contre moi. J'allais partir sans dire au revoir à mes amies. J'ai honte de moi.

– Les passeports ! chuchote enfin Lucile. C'est la vraie bonne idée pour « Il faut sauver Vanille » ! On pique les passeports !

– Plus de départ possible sans eux, ajoute Moora. C'est fin choc !

Mes amies me regardent. Leurs yeux brillent d'excitation. Je vois à quel point elles sont satisfaites de leur plan. Je ne peux plus parler. Juste pleurer. Moora me serre dans ses bras et Lucile s'inquiète :

– Mais si Vanille, ça va marcher, c'est sûr ! On fouille dans les affaires de ton père, on prend les passeports et on simule un cambriolage… Pourquoi tu pleures ? Et qu'est-ce que tu transportes dans ce sac ?

Je m'essuie les joues, lentement. Je n'ai pas besoin de me lancer dans de grandes explications. Mes deux amies ont compris.

– Tu allais partir, là ? Aujourd'hui ? murmure Moora. Sans nous prévenir ?

Lentement, je relève la tête. Je tente d'expliquer ma décision. Je raconte le comportement de mon père.

– Je m'en vais ce soir, c'est sûr. On oublie les passeports. On oublie « Il faut sauver Vanille ».

Lucile et Moora s'assoient sur les marches à côté de moi.

– Tu es sûre ? On peut au moins essayer notre dernier plan, non ? chuchote Lucile.

– Je ne veux plus courir d'idée en idée pour être déçue à chaque fois. Vous avez été géniales du début à la fin.

Mes deux amies n'insistent pas. Elles me connaissent suffisamment pour savoir que je suis vraiment décidée.

– Et pour ta première nuit, tu vas dormir où ? me demande Moora d'une voix tremblante.

– J'ai pensé à la minigrotte au bout de l'anse Vata.

– Ah oui, dit Lucile qui n'a pas l'air convaincue par mon idée. Et si tu t'installais plutôt dans ma cave ?

Je hausse les épaules.

– Si je fugue, ce n'est pas pour être retrouvée demain ! Il faut que ma disparition fasse réfléchir mon père. Alors je dois vraiment être introuvable !

– Je pourrais t'aménager un endroit dans la remise au fond de mon jardin, s'écrie Moora, au moins, tu serais en sécurité. Et dans la journée, tu irais ailleurs si tu veux.

Je secoue lentement la tête pour signifier à mes amies que je ne me cacherai pas chez elles.

Je jette un coup d'œil à ma montre. Dans moins d'une heure, ma mère sera là.

Je me lève et je fais glisser mon sac à dos sur mes épaules. Je traverse ma rue, escortée par mes amies qui sont encore plus pâles que moi. Moora insiste :

– Tu as vu, les alizés se sont levés. Je ne suis pas certaine que la grotte au bout de l'anse Vata soit vraiment abritée du vent…

– Je ne vais pas renoncer pour un petit détail climatique quand même ! En plus, je n'ai pas l'intention de rester à Nouméa. Je vais essayer de trouver un moyen pour me rendre sur l'île des Pins et contacter tes cousins, Moora, ceux qui vivent dans la tribu de Guahami.

– Ah bon… souffle mon amie de plus en plus blanche.

– Les filles, nos routes se séparent maintenant. Je vais disparaître et…

Un couple marche dans notre direction. Comme je ne veux pas qu'on m'aperçoive avec mon sac à dos, je me cache derrière une haie de palétuviers. Mes deux amies me suivent. Lorsque le couple passe devant nous, il fait une petite pause bisous. C'est à ce moment-là que Lucile et moi tombons des nues…

Je viens de reconnaître ma sœur. Elle joue à collés-serrés avec Raphaël !

Heureusement, ils sont trop absorbés par leur échange amoureux pour s'apercevoir de notre présence. D'ailleurs, je me demande quand leur baiser passionné va s'arrêter. On n'ose plus bouger, c'est à peine si l'on respire. Quand je pense que Raphaël trouvait ma sœur aussi douce qu'un oursin. Visiblement, il a changé d'avis !

– Atchaaaa ! crie soudain Moora. Atchaaa !

Lorsqu'elle éternue, la discrétion de mon amie est légendaire. Comme je la foudroie du regard, elle chuchote :

– Je suis allergique aux fleurs de palétuvier ! Ce n'est pas ma faute !

Évidemment, les éternuements de Moora ont attiré l'attention de nos deux amoureux.

Raphaël s'approche à grands pas. Lucile murmure :

– Oh non, on est mal, les filles.

Nos trois têtes émergent en même temps. Raphaël a l'air stupéfait et Margaux s'exclame :

– Oh les sales pestes ! Vous n'avez rien d'autre à faire que nous espionner ?

Je me précipite vers elle en tentant de me justifier :

– Ce n'est absolument pas ce que tu crois. C'est juste que...

Je m'arrête avant de gaffer. Je ne peux rien lui dire. J'entends Raphaël demander des explications à Lucile. La vie est vraiment trop injuste ! Ma sœur se décide à suivre notre idée numéro un le jour où je m'en vais...

– Alors ? continue Margaux. Comment peux-tu expliquer que vous soyez toutes les trois cachées derrière la haie ? Et puis d'abord, où vas-tu avec MON sac de randonnée ?

Je me tourne vers mes deux amies qui ont l'air encore plus désespérées que moi.

On est coincées.

Et en plus, au bout de la rue, j'aperçois mon père ET ma mère.

Ils marchent vers la maison d'un pas pressé.

L'espace d'une seconde, j'imagine qu'ils sont au courant pour ma fugue et qu'ils veulent m'empêcher de partir.

Puis je réalise que je n'ai pas encore quitté ma rue.

J'ai le temps d'entendre Margaux chuchoter :

– Oh non, voilà mes parents !

Rendez-vous sous les palétuviers

– Salut les jeunes, lance papa en se rapprochant. Ça boume ?

C'est exactement le genre de phrase que prononçait mon père quand il était un informaticien comme les autres. Je le regarde d'un air bête et aucune de mes amies ne lui répond. Quant à Margaux, elle est cramoisie. Raphaël s'est rapproché de Lucile, comme s'il l'accompagnait. En temps normal, j'aurais piqué un fou rire devant la réaction des amoureux, mais en ce moment rien n'est logique.

– Vous avez fait une petite réunion dehors ? continue mon père comme si notre présence à tous les cinq sous les palétuviers était naturelle. Vous voulez que je prenne une photo ?

Je suis tellement abasourdie par la réaction de mon père que je ne bouge pas. Je serre juste les lanières de mon sac à dos. Maman me fixe depuis quelques secondes et j'ai l'impression qu'elle lit en moi.

– Bon Gilles, dit-elle, on va peut-être rentrer avec les filles pour discuter sérieusement, non ?

Je n'ai plus du tout envie de « discuter sérieusement » avec mes parents. Je sais où m'a menée la dernière discussion sérieuse que nous avons eue.

Raphaël, lui, saute sur l'occasion. Il saisit sa sœur par le bras et bredouille un :

– Oui, il est un peu ta… ard. On allait rentrer ma sœur et moi…

Moora suit donc Lucile et son frère. Je vois disparaître mes amies et je me sens complètement perdue. Ma sœur a l'air encore plus étonnée que moi. Je pense qu'elle ne s'attendait pas à un tel comité d'accueil…

– Je suis vraiment content que vous soyez là. Je t'avais bien dit qu'il y aurait une surprise quand j'ai quitté la maison cet après-midi, annonce papa en se tournant vers moi. Tu as prévenu ta sœur, c'est ça ?

Je ne réagis toujours pas. J'essaie de me souvenir des dernières paroles de mon père lorsqu'il est parti avec l'appareil photo de Margaux. Il me semble qu'elles se sont perdues dans le brouhaha de la rue.

– Il faut absolument que je vous raconte ce qui m'est arrivé, mes chéries…

« Mes chéries » sonne totalement faux. Je n'ai même pas la force de ricaner. J'essaie tant bien que mal de cacher le sac de randonnée derrière mon dos. Je finis par suivre Margaux qui se dirige vers la maison. Papa nous précède jusqu'à la terrasse. Là, il s'assoit solennellement dans son fauteuil, puis il se tourne vers nous.

– Depuis plusieurs semaines, je reçois des enveloppes à mon nom, nous explique-t-il avec un grand sourire. Chacune d'elles renferme une photo de notre île. Au début, je pensais que Vanille voulait me retenir ici et qu'elle avait trouvé ce moyen pour me le faire comprendre. Et puis revoir des paysages oubliés m'a rendu nostalgique. Je n'ai plus cherché à connaître leur expéditeur… Je me suis pris au jeu et j'ai eu envie d'effectuer un dernier tour de mon île ! Chaque matin, j'attendais l'image du jour et aussitôt, avec mon appareil photo, je me rendais sur place. J'immortalisais notre « Vieux Caillou », morceau par morceau...

– Évidemment, j'étais au courant, l'interrompt ma mère. Je laissais papa faire son périple. Je pensais qu'il en avait besoin. Une sorte d'adieu à notre île.

– Et c'est là que le hasard... non, plutôt la chance intervient ! s'écrie mon père en se levant. Pendant mon pèlerinage, j'ai rencontré à plusieurs reprises des groupes de touristes. Un matin, j'ai discuté avec l'un des accompagnateurs...

– Et alors ? demande Margaux. La chance ?

– Il se trouve que cet accompagnateur était le gérant de l'agence Néo-Calédonia, une agence de voyages qui vient d'ouvrir ses portes à Nouméa. Il a découvert que je connaissais l'île dans ses moindres recoins. Il m'a convoqué à un entretien il y a quinze jours. Ensuite, il m'a demandé de faire un essai. J'ai bien sûr prévenu votre mère, et elle s'est remise à espérer…

Maman intervient avec un grand sourire :

– Si vous saviez comme je tremblais, les filles ! J'ai arrêté les cartons et je vous ai parlé d'heures supplémentaires... Je vous ai menti. Je ne pouvais rien vous dire parce que je ne voulais pas que vous espériez pour rien ! J'étais à la fois surexcitée et complètement angoissée ! Mais continue ton récit, Gilles...

– J'ai donc remplacé l'un des collaborateurs de Néo-Calédonia, parti en métropole. Cette semaine, j'ai escorté des groupes de touristes à travers Nouméa. Aujourd'hui par exemple, j'étais avec un couple d'Américains à qui j'ai montré les sites extraordinaires à prendre en photo. J'ai même dû leur prêter un appareil parce que leur batterie était déchargée !

Le puzzle commence à s'assembler. Je comprends les absences répétées de papa, sa présence à l'aquarium avec le couple, son empressement à trouver le numérique de Margaux.

– Tout ça pour arriver à la surprise dont je vous parle depuis tout à l'heure, murmure mon père d'un air mystérieux.

Je crois qu'à cet instant, j'arrête de respirer.

– Ce soir, je viens d'être engagé définitivement par Néo-Calédonia, s'écrie-t-il enfin.

La voix tremblante, je demande :

– Ce qui signifie ?

– On reste ici, Vanille, chuchote ma mère en me serrant dans ses bras. Je peux défaire les cartons et récupérer ceux que l'on a déjà entreposés dans le container. Et toi, tu peux ranger ton sac, ma chérie.

Les larmes du Pacifique

Moora et Lucile viennent de partir avec leurs pères respectifs. J'ai adoré cette soirée !

Je crois qu'elle restera gravée en moi à tout jamais. Vivement que je passe le bac français pour que j'organise à mon tour une fête aussi réussie que celle de Margaux ! Papa et maman ont été vraiment gentils d'accepter qu'elle invite tous ses amis à la maison.

Il faut dire qu'ils avaient vraiment envie de la récompenser pour ses excellentes notes : 17 à l'oral et 16 à l'écrit ! Ils l'ont longuement félicitée pour ses « révisions assidues ». J'avais un peu envie de rire ce jour-là : je savais que ma sœur n'avait pas seulement révisé ! Elle m'a tout raconté.

Elle est tombée amoureuse de Raphaël le jour où il l'a abordée. Ils sont sortis ensemble le samedi suivant, à la fête où elle ne devait pas aller !

Ma sœur nous a menti. Elle n'allait pas réviser chez Pauline, elle partait retrouver son chéri tous les après-midis. Et, pour ne pas être démasquée, elle a fait dire par Raphaël qu'il la trouvait « douce comme un oursin » ! Comme ça, ils vivaient leur histoire d'amour incognito…

Quand je pense que c'est grâce à Lucile et moi que leur aventure a commencé !

C'est quand même incroyable que Margaux ait aussi bien réussi ses examens en travaillant seulement le soir ! Ce doit être l'amour qui aide à soulever des montagnes ! Ma sœur rit quand je lui dis ça, mais elle a tort. Je crois que quand on aime, on peut accomplir de grandes choses. Il me suffit de penser à Soane pour en être sûre.

Déjà une semaine que ma vie a rebasculé du bon côté ! Lorsque papa a annoncé son embauche définitive à Nouméa, j'ai cru que j'allais m'évanouir de bonheur. Margaux sautait partout en chantant : « On reste ici, on reste ici ! »

Ma mère a profité de cet instant de joie collective pour m'enlever mon sac à dos et en fouiller le contenu. J'ai dû expliquer ce que j'avais prévu. Mes parents étaient très émus et ma sœur m'a serrée dans ses bras.

Depuis, j'ai réussi à me calmer, même si, parfois, je me pince pour être sûre de ne pas rêver. Bien sûr, j'ai expliqué à mes parents que Soane était l'expéditeur des photos.

– Si j'ai bien compris, grâce à ce déménagement qui, finalement, n'aura pas lieu, mes deux filles ont le cœur pris, n'est-ce pas ? a demandé mon père après nos longues discussions.

– Ah l'amour, a plaisanté maman en embrassant papa.

J'ai un peu rougi, mais pas autant que Margaux.

Il est presque minuit pourtant je n'ai absolument pas sommeil.

Dans cinq jours, nous serons le 25 décembre ! Ce sera le plus merveilleux Noël de ma vie. Les « métros » rêvent tous de passer cette fête au soleil, et ils ont bien raison ! Ici, au moins, le père Noël peut livrer ses cadeaux en maillot ! Mais cette année, je n'ai besoin de rien. On vient de m'offrir un présent inestimable...

J'entends des rires sur la terrasse. Il ne reste plus que les « grands » à la fête.

Raphaël n'a pas quitté ma sœur de la soirée. Lucile n'arrête pas de dire qu'on va bientôt être « famille » si leur histoire continue... Ce serait rigolo !

Moora, elle, a toujours de méga projets pour moi puisqu'il paraît que son petit cousin est ravi que je ne sois pas partie. Il compte m'inviter pour l'anniversaire de ses dix ans au mois de janvier !

Je ne suis pas disponible, mon cœur est pris !

Mes amies sont au courant. Peu à peu, je leur dévoile mon histoire d'amour avec Soane.

– Mais franchement, même s'il a eu une idée géniale pour ton père, il est un peu bête non ? a insisté Lucile quand elle a compris que j'étais amoureuse de « Deux de QI ».

– Laisse taleur, a répliqué Moora, l'amour rend aveugle, il paraît.

Lucile a éclaté de rire :

– Non, il rend malade plutôt. Regarde Vanille, elle a perdu le sens des réalités !

Je les laisse plaisanter. Elles finiront par apprécier Soane, je le sais.

En attendant, je profite de sa compagnie. Ce début de vacances est fabuleux ! Le soir, vers six heures, je me balade sur l'anse Vata avec lui. On parle sans s'arrêter. J'ai toujours le cœur qui bat aussi fort quand il arrive à ma rencontre. Je l'aime, j'en suis certaine !

Et pas seulement parce qu'il a eu l'idée géniale qui a permis à mon père de trouver du travail. Je l'aime aussi parce qu'il est Soane et qu'il ne ressemble à personne d'autre !

J'ouvre ma fenêtre en grand et je respire l'odeur du soir. J'aspire à pleins poumons ces senteurs sucrées que j'aime tant.

J'entends l'océan au loin.

Je me sens si bien.

Deux larmes roulent le long de mes joues. Machinalement, je les essuie.

Mais deux nouvelles gouttes perlent au bord de mes paupières.

Je réalise alors que le bonheur peut nous remplir tout entier et déborder sous forme de larmes.

Je me penche à ma fenêtre et je crie :

– On a gagné, mon Vieux Caillou !

Seul l'océan me répond, pourtant je sais que mon île a compris.

Je suis à elle pour la vie…

TABLE DES MATIÈRES

L'AUTEUR

Sophie Rigal-Goulard vit dans deux mondes parallèles. Au quotidien, elle est professeur des écoles et mère de deux ados qui vident le frigo aussi vite qu'elle le remplit.
Dans sa deuxième vie, elle oublie notes, copies et caddies. Elle s'assoit devant son ordinateur, une douce bulle vient l'envelopper et de ses mots naissent de nouveaux personnages. Elle s'évade ainsi sans sortir de chez elle.
Parfois il lui arrive quand même de faire de vrais voyages ! C'est une escapade en Nouvelle-Calédonie en 2007 pour recevoir le prix de littérature jeunesse « Livre, mon ami » qui lui a donné envie de parler de cette île inoubliable et de ses habitants si chaleureux…
Sophie Rigal-Goulard est installée dans un village près d'Aix-en-Provence.

L'ILLUSTRATRICE

Jessica Secheret est née en 1978. Dès son plus jeune âge, elle a les mains encombrées de crayons, de stylos, de feutres, tous les matériaux lui permettant de griffonner. À quinze ans, elle décide de travailler dans l'univers du dessin.
Après son bac, elle vit en Amérique du Nord plusieurs années puis, de retour à Paris, suit des études d'architecture intérieure.
Aujourd'hui, elle travaille pour la presse, la publicité et l'édition où elle développe son propre univers et celui d'auteurs.

DANS LA MÊME COLLECTION

Une certaine Clara Parker,
Ségolène Valente

Clara Parker est parfaite : elle est belle, première dans toutes les matières, mais elle semble inaccessible.
Fascinée par cette nouvelle élève, Sixtine rêve de devenir son amie. Mais Clara l'ignore.

Confidences entre filles,
Florence Hinckel

Capucine est vite fatiguée des facéties d'Ange, son petit frère qu'elle doit garder le mercredi.
Comment avoir plus de temps libre pour voir ses amies et se livrer à sa passion pour le dessin ?

Le fils des loups,
Alain Surget

Un hiver au cœur des Vosges, le jeune Pélot se perd dans une forêt où rôde une terrible Bête. Bientôt il est recueilli par une louve et sa meute. Échapperont-ils à la Bête et Pélot retrouvera-t-il un jour sa famille ?

Le ranch des mustangs : Cheval rêvé,
Sharon Siamon

Meg, Alison et Becky rejoignent un ranch au cœur des montagnes Rocheuses pour partager la vie des chevaux. Sur la route, une tempête de neige surprend les trois jeunes cavalières et Silver, un yearling de rêve, en surgit…

Achevé d'imprimer en France en mars 2012
sur les presses de l'imprimerie Maury
Dépôt légal : avril 2012
N° d'édition : 5623 - 02
N° d'impression : 172159